透明犬メイ

作:辻 貴司
絵:丹地陽子

目次

一　なにかがついてくる　6
二　ぼくの決意《けつい》　23
三　四年二組プラス「犬」　38

四 教《きょう》室《しつ》中《じゅう》が大さわぎ 59
五 名前はメイだ！ 70
六 メイの正体 82

透明犬メイ

一　なにかがついてくる

やっぱり、ついてきてる。

ぼくはなんどもなんども後ろをふりかえった。

そこには、だれもいない。

あたりは、見わたすかぎりの田んぼ。ぽつりぽつりと農家《のうか》があるけれど、それもかなりはなれている。あとは、ただ一本。まっすぐな細《ほそ》い道路《どうろ》があるだけだ。

でも、きっといる。

だって、さっきよりも、「ハア、ハア」という息《いき》づかいがはっきりと

聞こえるし、つめがアスファルトをける音だってする。

しかも、たった今、足から腰《こし》にかけて毛のようなものがふれた気がして、ぞわりとした。

まちがいない。犬だ。

春休みに、おじいちゃんの家で飼《か》っている柴犬《しばいぬ》のコロを散歩《さんぽ》させたからわかる。まったく同じ音と息づかいだ。

そして、たぶんコロより大きい。

犬のおばけか、それとも、透明人間《とうめいにんげん》……じゃなくて、透明犬《とうめいけん》？

どっちにしても、気味《きみ》が悪い。

ふと、ついさっきお母さんにいわれたことばが頭に浮《う》かんだ。

「いってらっしゃい、奏太《そうた》。気をつけてね」

そういわれても、見えない犬に追《お》いかけられた場合《ばあい》、どう気をつけたらいいんだろう。

ぼくはちょっとだけ早足で歩いてみた。すると、同じスピードで足音がついてくる。

もっとスピードを上げてみた。すると、足音もスピードを上げた。

遊んでいるだけだろうか。それとも、ぼくをエサだと思って、いきなりがぶって、かみついてきたりして……。

ぼくは、ぶるっとふるえた。

せめて友だちがいっしょだったら……。

急《きゅう》に心細《こころぼそ》くなってきた。

友だちはみんな小学校より東の「町側《まちがわ》」に住《す》んでいる。西の「田んぼ側《がわ》」に住《す》んでいる四年生の男子は、ぼくだけだ。

田んぼ側は、駅からは遠いけど、家は広いし、庭《にわ》でバーベキューだってできる。通学路《つうがくろ》のわきには、青や黄色や白のかわいい花が咲《さ》くし、かるがもの親子を見たり、用水路でザリガニを釣《つ》るのも楽しい。

いいことずくめだけど、ひとつだけこまったことがある。

いっしょに学校にいく友だちがいないんだ。

そのうえ、こんな日にかぎって、いつもなら田植《たう》えの準備《じゅんび》をしている農家《のうか》の人も、見当《みあ》たらない。ぜんぶの田んぼの田植えが、きのうまできれいに終《お》わったみたいだ。

つまり、田んぼの道に、ぼくひとり。

それなのに、「ハッ、ハッ」という息《いき》づかいが、足もとから聞こえてくる。

もし、飛《と》びかかってきたら、体操服《たいそうふく》のふくろをふりまわして、それから全速力《ぜんそくりょく》で小学校まで走ろう。

ぼくは、頭のなかで動きをイメージしながら、ふくろの口を、ぎゅっとにぎった。

そのとき、中のものが、うでに当たってはねかえった。休み時間に遊ぼうと思って持ってきた野球《やきゅう》のゴムボールだ。

「あっ」

ぼくの頭のなかがぐるんと回転《かいてん》した。

「いい考《かんが》えがある！」

ぼくは立ち止《ど》まって、ゴムボールを体操服のふくろから引《ひ》っぱり出した。それを、足もとのあたりで、ふってみる。

息《いき》をはく音が「ハッハッハッハッハッ」と速《はや》まり、ザッザッとアスファルトをならす音がリズミカルに変《か》わった。二、三回、ぼくの足をぞわぞわとなにかがなでる。絵《え》の具《ぐ》のふででくすぐられたような感じがして、思わず後ろに飛《と》びのいた。

目には見えないけれど、透明犬《とうめいけん》はずいぶんと興奮《こうふん》しているようだ。ぐるぐる回っているのかもしれない。

ぼくは、そっとゴムボールを道にほうった。古くてひびわれたアスファルトのすきまで、ゴムボールが小さくバウンドしながらコロコロと転《ころ》がる。

すると……。

グンと、ゴムボールが浮《う》き上がった。そして、いきおいよく回転《かいてん》したかと思うと、宙《ちゅう》に浮いたまま、ぼくのほうへ突進《とっしん》してくる。それが、おどろいて動けなくなったぼくの足もとで止《と》まった。ゆっくりと、ゴムボールが胸《むね》のあたりまで持ち上がる。

ぼくは、目の前の宙に浮いているゴムボールを、おっかなびっくり受《う》け取《と》った。

よだれだろうか。ちょっぴり、ぬれている。

野良犬《のらいぬ》やオオカミというわけではなさそうだ。この犬は、どうやらボール遊びをしたことがあるらしい。

それなら、と、さっきよりも大きくふりかぶり、こんどはゴムボールを、苗《なえ》の植《う》わっていない田んぼのすみっこを目がけて投《な》げた。

山なりのボールが、田植えが終《お》わったばかりの、緑色のひょろひょろした苗《なえ》の上を飛《と》んでいく。

そして、ぽちゃん、と音をたて、二、三回、水面《すいめん》をはねてから落《お》ちた。

次の瞬間《しゅんかん》、田んぼの上を風がふいた。

苗がひゅるるという音をならして左右に大きくゆれる。ゴムボールにむかって風の道ができた。その道の上を、なにかが通っていくのが見える、ような気がした。

ぼちゃああ――――ん。

ゴムボールとは、くらべものにならないほど大きな音と水しぶきをたてながら、透明犬《とうめいいけん》が田んぼにつっこんだ。

水面に、ランドセルふたつ分くらいの大きな穴《あな》があいた。

やっぱり、でかい！

その大きな水の穴が、田んぼの泥《どろ》をぐちゃぐちゃにまぜながら前進《ぜんしん》していく。移動《いどう》するたびに、泥水がはねあがって、大きな体にへばりついた。泥水をふくんだ毛がうねるようすは、まるで掃除《そうじ》のモップみたいだ。みるみる、透明犬の形が浮《う》き上がってきた。

ゴムボールを口にくわえるのが見えた。泥まみれの透明犬は、体をくるりと反転《はんてん》させて、いきおいよく飛びはねながらもどってきた。

田んぼから道路《どうろ》に上がったところで、ぶるぶるぶるっと体をふるわせる。泥水が、ぼくの顔や服にかかった。買ったばかりの青いTシャツがドロドロだ。

泥まみれの透明犬が、ゆっくりと近づいてくる。そして、ぼくの目の前までくると、さっきと同じように、ゴムボールをくわえた口を持ち上げた。

「ありがとう」

おそるおそるゴムボールを受《う》け取《と》った。そして、あらためて透明犬《とうめいけん》をながめる。

肩《かた》の筋肉《きんにく》がもりあがっていて、がっしりした体つきだ。顔は柴犬《しばいぬ》に似《に》ているけど、体中が長い毛でおおわれているし、体は二倍《ばい》くらいの大きさがある。ハアハアと息《いき》をする口は、ぼくの頭だってくわえられそうなほど、大きかった。

でも、ぼくはすこしホッとしていた。

その透明犬《とうめいけん》は、泥《どろ》のついたシッポを左右にぶんぶんと大きくふっていたんだ。

「シッポをふっているってことは、よろこんでいるんだよな」

ぼくはだれにともなくつぶやくと、犬の頭に手をのばしてみた。泥のついた犬の鼻の頭が、ぼくの手のにおいをクンクンかいでいる。

クゥン。

気持ちよさそうな、おだやかな声《こえ》が聞こえた。

よかった。かまれることなく、犬の頭をなでることができた。長い毛は泥《どろ》でごわごわしていた。

大きな口も、もうこわくない。わらいかけてくるような、やさしい顔に見えてきた。

「おまえはどこからやってきたんだ？」

透明《とうめい》な体っていうだけでもびっくりなんだから、ひょっとしたら、ことばも話すんじゃないかなって思って聞いてみた。

でも、かえってきた答えは、「ワン！」だった。どうやら、特別《とくべつ》なのは透明な体だけで、あとはふつうの犬のようだ。

「お手」

ぼくは、右のてのひらを上にして、つきだした。

すると、透明犬《とうめいけん》は、左前足をそっと、ぼくの手の上においた。泥水にぬれて、ひんやりとつめたい。

「おかわり」

こんどは、反対《はんたい》の手でやってみる。うまくいった。

「おすわり」

ちゃんと、おしりを地面《じめん》につけて、前足をそろえてすわる。そして、顔を上げて、「ヘハッ」とわらった。

よし、いい子だ。

そのとき、遠くで小学校のチャイムが鳴《な》った。

「やべっ、予鈴《よれい》だ。あと、五分で朝の会がはじまっちゃう」

ぼくは、ゴムボールについた泥をふり落《お》としながら、田んぼのなかの道を走った。すると、透明犬が、泥をぶるぶるとはじき飛《と》ばしながら追《お》いかけてくる。

「おいっ、どこまでついてくる気だ?」

学校の近くにきても、透明犬《とうめいけん》がはなれるようすはない。

校門のむこうから、「町側《まちがわ》」の友だちが登校《とうこう》してくるのが見えた。

「まずいな。透明な犬がみんなに見つかったら、きっと大さわぎだ」

ぼくは校門の手前で立ち止《ど》まって、もうほとんど泥《どろ》のとれた透明犬を見つめた。

「もっと遊んであげたいけど……」

透明な犬になつかれるなんて、すごいことだ。

いや、そもそも透明な犬と出会うなんて、もう二度《にど》とないチャンスかもしれない。

でも、もうすぐ学校がはじまる。

しかたない、よな。

ぼくは、さっきみたいにゴムボールを透明犬の目の前で、ふってみた。

一気に息《いき》づかいが速《はや》くなる。よろこんでいるみたいだ。

よしっ！

ぼくは、大きくふりかぶると、ゴムボールを、走ってきた田んぼ道のほうへ、思いっきり力をこめて投《な》げた。

あっというまに、ゴムボールが小さな点《てん》になる。

と同時に、ザッという地面《じめん》をける音がした。アスファルトに泥の足あとをのこしながら、透明犬がボールめがけて走っていく。

さよなら。

遠ざかっていく足音を聞いたとたん、急《きゅう》にかなしい気分になった。

でも、こうするしかない。ぼくには、犬は飼《か》えないいんだから……。

「よし、今のうちだ！」

ぼくは、わざと大きな声《こえ》を出した。

そして、透明犬《とうめいけん》がゴムボールを取《と》りにいっているすきに小学校のなかにすべりこんだ。

二　ぼくの決意《けつい》

教室《きょうしつ》に入ると、まだ先生はきていなかった。

みんな、席《せき》の近い友だちどうしで話をしている。ぼくは、「おはよう」と声をかけながら、窓際《まどぎわ》のいちばん後ろの席についた。

「ふう」

机《つくえ》の上にランドセルを置《お》くと、思わずため息《いき》がもれた。

「あれ、奏太《そうた》。ひょっとして、遅刻《ちこく》なんじゃない？」

となりの席の美優《みゆ》だ。

短い前髪《まえがみ》を黄色くてでかいピンでとめて、おでこ全開《ぜんかい》。そのまんまる

な顔が、にやにやと、やけに楽しそうな表情《ひょうじょう》をしている。

まったく……。こいつはいつもちょっかいをかけてくるから、はらが立つ。

「うるさい。先生がくるまでにつけば、いいんだよ」

ぼくは、むすっとして、つっぱねた。

「へえ。そんなルールがあったんだあ。知《し》らなかった。あとで、大村先生に聞いてみよっかなあ～」

「いやっ、先生にいうのはまずいんじゃないか」

「えっ、だって遅刻《ちこく》じゃないんでしょう？　じゃあ、いいじゃない」

こいつ……。ぼくのことを、完全《かんぜん》にからかってる。

「チャイムが鳴《な》るまでに席《せき》についてないと、遅刻だ」

ぼくは、おどろいて前の席を見た。体の大きな陽太郎《ようたろう》が、ゆっくりとふりかえる。太いまゆげとギョロリとした目の迫力《はくりょく》に、ぼくは、思わず「ごめん」といった。

陽太郎は、いつもは無口《むくち》なのに、ときどき口をひらくと、本質《ほんしつ》をずばりついてくる。根《ね》はいいやつなんだけど、がんこなおじいちゃんと話しているようで、ちょっと苦手《にがて》だ。

となりでは、美優《みゆ》が満足《まんぞく》そうにうなずいている。

「だから、今日《きょう》は大村先生も遅刻だ」

えっ……。

これには、ぼくだけじゃなく、美優もドキリとしたようだ。

まちがってはないけど、いいのか？　そんなことといって……。なにかいわなきゃと、口をあけたところで、話が中断《ちゅうだん》された。

「みんな、おはよう！」

がらっと、いきおいよく扉《とびら》をあけて、大村先生が入ってきた。いつもと変《か》わらない。よくひびく大声《おおごえ》だ。

「ごめんなー、職員室《しょくいんしつ》を出ようと思ったら、学校に電話がかかってきちゃってさあ。たいへんだったんだよー」

おっ、いつものオモシロ話がはじまるぞ。

ぼくらは身《み》を乗《の》り出した。陽太郎《ようたろう》も、前のめりになっている。

「なんの電話だったんですかあ？」

となりの美優《みゆ》が、間髪《かんはつ》いれずに大声を出した。

「先生が電話に出たらさあ、電話の相手《あいて》が『わたしよ、わたし』ってい

うんだよ」

「うんうん」

　クラス全体が先生の話に集中《しゅうちゅう》している。

「その瞬間《しゅんかん》、先生、ピンときたんだ。『これは、ナントカ詐欺《さぎ》だ！』って。それで、先生いってやったんだ。『これ以上《いじょう》、おかしなことをいうと、警察《けいさつ》に連絡《れんらく》するぞ！』ってね」

「先生、すごーい！」

「それで、それで？」

「そうしたら、なぜか電話の相手《あいて》がおこりだしちゃってさあ」

　先生は、頭をがりがりかきながら、クラス中を見まわしていった。

「それが、実《じつ》は先生の奥《おく》さんだったんだ」

「ひぇぇぇ」

「先生、やっちゃったねぇ」

教室中がざわめいた。

先生は、とほほ、といった表情《ひょうじょう》を浮《う》かべてことばをつづけた。

「今晩《こんばん》、玄関《げんかん》のチェーンがしまっている確率《かくりつ》百パーセントだよ」

玄関でしめだされる先生が目に浮かぶ。かわいそうだけど、おもしろい。

みんなも大わらいだ。

パンと先生がひとつ手をたたく。

「よし、じゃあ、あいさつしよう」

いつもどおりの朝だった。

透明《とうめい》な犬に出会ったことが、なにかの思いちがいだったような気がする。

……と、思って窓《まど》の外を見ておどろいた。

二階《かい》にあるぼくのクラスの窓からは、中庭《なかにわ》がよく見わたせる。その中庭のまんなかあたりで、ふらふらと宙《ちゅう》に浮《う》いているものがある。

ぼくのゴムボールだ！

まちがいない。透明犬《とうめいけん》が、ゴムボールを持って、学校のなかに入ってきたんだ。

まだだれも気がついていないみたいだけど、一階は一年と二年の教室《きょうしつ》がある。見つかったら、ぜったいにメチャクチャになる。

その前に、なんとかしなきゃ！

「どうしたの、奏太《そうた》。もじもじして、ひょっとしてトイレ？」

「ん？」

ふりかえると、美優《みゆ》と目があった。

いやみのつもりだったんだろう。目がにやにやわらっている。

いつも、ろくなことをいわないけど、今のはいただきだ。

「先生！」

ぼくは、手をあげて大声《おおごえ》を出した。

「ど、ど、どうした、奏太。先生、びっくりして心臓《しんぞう》が止《と》まるかと思ったぞ」

大村先生が、落《お》っことした黒板消《こくばんけ》しをひろいながら顔をむけた。

「トイレにいってきてもいいですか？」

「おう、なんだトイレか。いいけど、今日は新しいところもやるから、早く帰《かえ》ってこいよ」

「はい」

もう会えないと思っていた。

でも、今、透明犬《とうめいけん》が学校の中庭《なかにわ》にいる。

うれしくて、階段《かいだん》を一段とびにおりた。

すると、一階の出入り口につくなり、いきなり毛むくじゃらなものに突進《とっしん》された。たまらず、尻《しり》もちをつく。

「いったあ……」

顔を上げると、目の前にゴムボールが浮《う》いている。

「ぼくをさがしてくれたんだね」

ぼくは、よだれまみれのゴムボールを受《う》け取《と》ると、透明犬の頭をそっ

となでた。

「ありがとう」

透明犬《とうめいけん》は、うれしそうに「ワン！」と鳴《な》いた。

泥《どろ》は、もう足もとにへばりついているだけだ。ぼくは、ハンカチを取《と》り出すと、足についた泥をゴシゴシとふいてあげた。

これでよし！　すっかり見えなくなった。

でも、教室《きょうしつ》につれていくわけにはいかないし、どこかにかくさなきゃ。

いろいろ考《かんが》えて、二階《かい》のトイレにむかった。

「ここで、おとなしくしてるんだよ」

トイレの掃除用具《そうじようぐ》入れのドアをしめる。

その瞬間《しゅんかん》、中からガリガリとドアをひっかく音がして、大きくほえる声《こえ》がトイレ中にひびいた。

「しー、しーっ」

ぼくは、あわててドアをあけた。

「今、授業中《じゅぎょうちゅう》なんだよ。しずかに！」

ことばが通じたんだろうか。おとなしくなった。

「いい子だ」

ぼくは、透明犬の顔のあたりを、両手《りょうて》で思いっきりさすってやった。

「うちで飼《か》えたらいいんだけどなあ……」

いったとたん、泣《な》きそうになった。

ひと月ほど前に、町側《まちがわ》のアパートから、田んぼ側の新しい家に引《ひ》っ越《こ》したとき、いちばんの楽しみは、犬を飼うことだった。

でも、お母さんに猛反対《もうはんたい》されたんだ。

「植木鉢《うえきばち》の水やりもわすれるし、お祭《まつ》りの金魚も死《し》なせちゃったし、奏《そう》太《た》に世話《せわ》なんかできっこないでしょ。犬がかわいそうよ」って。

だから、ぼくは決意《けつい》したんだ。

植木鉢のアサガオをちゃんと育てられたら、もう一度《いちど》「犬を飼《か》いたい」っていおう。それなら、お母さんも文句《もんく》はいえないはずだ。

毎日、水やりもしたし、雑草《ざっそう》もぬいた。

ところが、きのう見てみたら、葉《は》っぱがしおれていたんだ。

あわてて水やりをして、肥料《ひりょう》をあげて、日にも当《あ》てた。それでも心配《しんぱい》で、田んぼのはずれにある神社《じんじゃ》までお願《ねが》いにもいった。

でも……。

今朝《けさ》、アサガオは枯《か》れてた。

犬を飼うのはまだ早いって、神社の神様《かみさま》が思ったのかもしれない。

でも、この透明犬《とうめいけん》はそんなことは知らない。ぼくをさがして、学校までゴムボールを持ってきてくれたんだ。

今だけなら、いいよね。さわぎにならないように、ぼくがみててやらなきゃ。

掃除用具《そうじようぐ》入れにとじこめたら、また、あばれるに決《き》まってる。

「ついてきてもいいけど、おとなしくしているんだぞ」

ぼくは、透明犬のいるほうにむかっていった。

「ワン」と元気な声《こえ》がかえってきた。

三　四年二組プラス「犬」

「長かったじゃない」

教室《きょうしつ》にもどると、美優《みゆ》がうれしそうに声《こえ》をかけてきた。

「だから、どうした」

「おっきいほうだったんでしょ」

美優は、デリカシーってものがない。ふんと、そっぽをむいて、席《せき》についた。

足もとからは、かすかにだけど、「ハッ、ハッ、ハッ、ハッ」という息《いき》づかいが聞こえる。

どうやら、通路《つうろ》にすわりこんだらしい。毛が足にさわって、くすぐったい。

でも、動くとどこかへいっちゃうかもしれない。今は、がまんだ。

授業《じゅぎょう》は、前回の復習《ふくしゅう》をやっていた。ぼくの苦手《にがて》なわり算だ。しかも、四年生になって、ゼロがたくさんつくようになった。

こういうときは、当《あ》たらないよう、しずかに、小さくなっているにかぎる。

ぼくは、陽太郎《ようたろう》のでかい背中《せなか》のかげにかくれた。

「よーし、黒板《こくばん》でいっしょに解《と》いてみよう」

先生が大声を出しながら、問題《もんだい》の式《しき》を黒板にすらすらと書いた。

「第一問は、四百わる二だ。さあ、ゼロがたくさん出てきたね。まず、どうするんだっけ？」

「ゼロをかくす！」

みんなの声《こえ》がそろった。

「そうだ。ゼロをふたつかくすと、四わる二になるね」

先生が、大きな手で黒板《こくばん》のゼロをふたつかくした。

「じゃあ、四を二でわると、いくつ？」

「二！」

「2！」

うんうん、と先生が笑顔《えがお》になる。

「それから、どうするんだっけ？」

「ゼロを復活《ふっかつ》！」

「よーし、さっきかくしたゼロをふたつ復活させるよ。答えは？」

「二百！」

「200！」

「はい、正解《せいかい》。かんたんだったかな？　それじゃあ、第二問。百五十わる三も同じようにゼロをかくします。十五わる三は？」

「五！」

「5！」

「ワン！」

一瞬《いっしゅん》、時間が止《と》まったようだった。

でも、すぐにざわざわした話し声に変《か》わる。

「なに今の最後《さいご》の……。犬？　犬？」

美優《みゆ》がまっさきに大声《おおごえ》を出した。

「だれだよ変《へん》な声出したやつ」

「中庭《なかにわ》からじゃない？」

みんな、口々にさけぶ。

陽太郎《ようたろう》が、無言《むごん》でふりむいて、首をひねると、また前をむいた。

まずい、まずいよ。

ぼくは、透明犬《とうめいけん》の背中《せなか》を押《お》さえながら「しずかに」と小さな声でいった。

「はい、はい、しずかに！」

先生が、大きく手をたたいて、注意《ちゅうい》をうながす。

「窓際《まどぎわ》のほうから聞こえた気がするなあ」

順番《じゅんばん》に机《つくえ》の下をのぞきこみながら、ゆっくりと近づいてくる。

みんなは、先生の動きにくぎづけだ。

透明犬《とうめいけん》が見つかったら、授業《じゅぎょう》どころじゃない。たのむから、しずかにしててくれよ。

ぼくは、ごくっと息《いき》をのみこんだ。

ついに、いちばん後ろにある、ぼくの席《せき》の横に先生が立った。

そして、足もとをきょろきょろ見ながら、鼻をくんくんさせている。

どうか、見つかりませんように。

ぼくは、心のなかで祈《いの》った。

「いない。やっぱり中庭《なかにわ》かな」

見回りを終えた先生が、つぶやくのが聞こえた。あんまり小さい声《こえ》だったから、聞こえたのは、ぼくくらいだろう。

よかった。助《たす》かった。

ホッと安心《あんしん》して、体中から力がぬけた。

その瞬間《しゅんかん》だった。

「ワン、ワン！」

ぼくは、心臓《しんぞう》が飛《と》び出るくらいおどろいた。

「なに、そこに犬がいるの？」

「まじかよ！」

みんなの目が、ぼくを見ている。

もうダメだ。もうすこしで、ごまかせるところだったのに。なんてタイミングで鳴《な》くんだ。

なにかいいわけをしなきゃと思ったけど、口がうまく動かない。

すると、先生が大声《おおごえ》でわらいだした。

すごく楽しそうにわらっている。

みんなは、ポカンとした顔《かお》になった。

「先生の腹話術《ふくわじゅつ》にまんまとひっかかったな」

えっ！

こんど、びっくりするのは、ぼくのほうだった。

「だいじょうぶ。この教室《きょうしつ》には、犬はいないよ」

そういって、得意《とくい》そうに口をとじたまま「ワン、ワン」と声を出す。

ほんとうだ。よく聞くと、透明犬《とうめいけん》の声とちがう。

先生、すごい。どんな予想外《よそうがい》のハプニングも、わらいのネタに変《か》えちゃうんだ。

休み時間になると、みんなが「ワンワン」と腹話術の練習《れんしゅう》をしはじめた。こうなると、透明犬が鳴《な》いても、だれも気がつかない。

先生に感謝《かんしゃ》だ。

「ワン、ワン！」

透明犬が鳴いた。

それを、友だちが勘《かん》ちがいする。

「奏太《そうた》の腹話術、めちゃくちゃうまい」

「『犬飼《か》いたい』ばっかりいってるから、自分が犬になっちゃったんじゃないの？」

と、これは美優《みゆ》。いいたい放題《ほうだい》だ。

思いっきり、あっかんべーをしてやった。

二時間目の国語の授業《じゅぎょう》は、透明犬《とうめいけん》には、たいくつだったのだろう。はじまってすぐに、ねむってしまった。ときどき、フースカ、フースカと、小さな寝息《ねいき》が聞こえる。

となりの席《せき》の美優《みゆ》が、ふしぎそうな顔をなんどかこっちにむける。そのたびに、ぼくは、あくびをしたり、口でフースカといってごまかした。

さすがの美優も、ぼくの足もとに透明な犬が寝ているとは、想像《そうぞう》もつかないだろう。

ちょっと得意《とくい》な気分になった。

でも、どうして透明犬は、こんなにぼくになついているんだろう。おじいちゃん家《ち》のコロだって、最初《さいしょ》は警戒《けいかい》していたのに……。

ふしぎだ。ぼくは、思わず首をひねった。

三時間目と四時間目は、ぼくの好《す》きな体育《たいいく》だ。体操服《たいそうふく》に着がえて、はりきってグラウンドに出た。

いっぱい寝たからか、グラウンドに出られてうれしいからか、透明犬も元気いっぱいだ。

グラウンド中を、砂《すな》ぼこりを上げながらかけ回る。ときどき、風のない場所で、ぐるぐると砂がうずをまいていた。

今日は、来週のドッジボール大会にむけて、特訓《とっくん》をする日だ。

「今年は、三、四年生の部《ぶ》で優勝《ゆうしょう》するぞ！」

大村先生が大声《おおごえ》でさけんだ。「オー！」と、みんなも気合いが入っている。

ストレッチがはじまって、しばらくしてから気がついた。

そういえば、透明犬はどこだ？

あたりを見わたしてみると、グラウンドのすみっこで、ボールがひとつ、左右にいったりきたりしている。

あそこか。ボールを転《ころ》がして遊んでいるらしい。あれならだれも気づかないはず。しばらく好《す》きにさせてやろう。

「どうした？」

ペアを組《く》んだ陽太郎《ようたろう》が、ゆっくりと顔を上げた。背中《せなか》を押《お》す手が止《と》まっていたようだ。

「ああ、ごめん、ごめん」

大きな背中を押しながら、ふと聞いてみた。

「陽太郎はさ、透明《とうめい》な生き物になつかれたことってある？」

陽太郎は、いつも自分が正しいと信《しん》じたことしかいわない。だから、ためしに意見《いけん》を聞いてみたくなったんだ。

「くらげ、とか？」

「いや、そうじゃなくて、目に見えない生き物ってこと」

変《へん》な質問《しつもん》だったかな。しばらく、沈黙《ちんもく》がつづいた。

「透明な生き物の体験《たいけん》はないけど……」

「けど？」

「毎朝《まいあさ》、トイレで会うクモは、死《し》んだおばあちゃんだと思うんだ」

「へ？」

なにをいってるんだ？　ぼくは、意味《いみ》がわからなかった。

「ほかのクモとはちがう、特別《とくべつ》なつながりを感《かん》じるんだ」

「ふうん」

そうか。それなら、わかる。

でも、ぼくと透明犬《とうめいけん》に、どんなつながりがあるんだろう。

じっと、グラウンドのすみで転《ころ》がるボールを見つめた。

ひととおりの準備運動《じゅんびうんどう》と練習《れんしゅう》が終《お》わると、いよいよミニゲームがはじまる。時間は大会と同じ五分間だ。

トスは、あっさりと相手《あいて》チームに持っていかれた。

ぼくらは横一列《よこいちれつ》になって、ボールを持つ相手をにらみつけながら、まっすぐ下がる。

ふわりとしたパスが、外野にわたった。ボールをつかむと、ぼくらのま後ろに、いきおいよく回りこんでくる。
くる！　パスじゃない。
ビュンと、風の音がして、すぐわきをボールがすりぬけていった。
体を反転《はんてん》させると、こんどは内野が思いっきり投《な》げてくる。
バシン！
ものすごい音がしたけど、味方《みかた》がキャッチした。美優《みゆ》だ。
「よっしゃああ」
おたけびを上げながら投げたボールは、おおがらな陽太郎《ようたろう》を体ごとふっ飛《と》ばした。
すごい。美優を敵《てき》にしなくて、ほんとうによかった。
でも、感心《かんしん》している場合《ばあい》じゃない。こぼれたボールをひろった大輔《だいすけ》が、助走《じょそう》をつけてむかってくる。あいつのボールは当《あ》たると痛《いた》いんだ。

そのとき、足もとにぞわりと毛がさわった。思わず目をやる。

でも、そうか。透明犬《とうめいけん》は、透明だから、見えないんだった。

ドッジボールの試合中《しあいちゅう》に、ボールを持つ相手《あいて》から目をはなしちゃいけない。先生からなんどもいわれてきたことだ。

やべっ、目をはなしちゃった！

気づいたときには、もうおそかった。目の前にボールがグン！　とせまってくる。

ぼくは、とっさに目をつむった。

ボールをはじく音が、耳もとでひびく。

やられた？

でも、おかしいな。どこにも当《あ》たった感《かん》じがしない。

目をあけると、ボールが外野の頭の上をこえて飛《と》んでいくところだった。

「奏太《そうた》、顔面《がんめん》セーフだ。だいじょうぶだったか？」

大村先生が、心配《しんぱい》そうな顔をしている。

「奏太、わりい。わざとじゃないんだ」

いつもはガッツポーズしてよろこぶ大輔《だいすけ》までが、両手《りょうて》を合わせて頭を下げている。

顔面？　ぼくの顔にボールが当たったの？

さわってみるけど、ぜんぜん痛《いた》くない。

そのとき、足もとから「ハッハッ」という息《いき》づかいが聞こえてきた。

透明犬《とうめいけん》だ。もしかして……。

おまえが助《たす》けてくれたのか？

ふさふさのしっぽがバシバシと、ぼくの足に当たった。まるで「そうだよ」っていってるみたいだ。きっと、ボールが当たる直前《ちょくぜん》に、透明犬が頭か鼻先かではじき飛《と》ばしてくれたんだ。

「鼻血《はなぢ》を出さなくてすんだよ。ありがとう」

くつひもを結《むす》ぶフリをして、小さな声《こえ》でつぶやいた。

「ワフッ」と、得意《とくい》げな声がかえってくる。

そのとき、後ろから小さいけどハッキリとした声が飛んできた。

「ぶつかる直前に、ボールが飛んでいったように見えたけど？」

まずい。美優《みゆ》だ。

「ん？　いや、顔面《がんめん》だよ。ああ、痛《いた》い」

答えながらふりかえると、のぞきこむような美優《みゆ》の視線《しせん》とぶつかった。

「なっ、なんだよ。ほらっ、ボールがもどってきたぞ」

「奏太《そうた》、な～んか、かくしてるでしょ」

「なんにもかくしてないよ」

背中《せなか》に汗《あせ》がつーっと流《なが》れた。

四　教室中《きょうしつじゅう》が大さわぎ

おそれていた時間がやってきた。

給食《きゅうしょく》だ。

透明犬《とうめいけん》は、うれしくてしかたがないのだろう。ぼくの机《つくえ》の上に両手《りょうて》をのせて、鼻息《はないき》あらくなんどもなんども顔を近づけてくる。それを、なんとか首もとに手をあてて、押《お》しとどめた。

「じゃあ、手を合わせて」

給食係の号令《ごうれい》がかかる。

「奏太くん、ちゃんと手を合わせてください」

うへっ、見つかっちゃった。ぶんぶんと首を横《よこ》にふってアピールしたけど、逆《ぎゃく》ににらまれた。

しかたなく、透明犬《とうめいけん》の首もとから手をはなして、両手《りょうて》を合わせる。

「いただきまーす」

みんなの声《こえ》がそろった瞬間《しゅんかん》だった。

カラーン。

ぼくの給食《きゅうしょく》の食器《しょっき》が、回転《かいてん》しながら、教室《きょうしつ》の後ろのスペースに飛《と》んでいった。床一面《ゆかいちめん》に、今日のメインディッシュのビーフシチューが飛びちった。

クラス全員《ぜんいん》の目が集《あつ》まる。

ああ、なんてこと……。ぼくはとっさに立ち上がった。そして、転《ころ》がった食器をとろうとして、目をみはった。

すこしずつだけど、ビーフシチューが消《き》えていく。

まずい、まずいよ。

あわてて、みんなの目から、消えていくビーフシチューをかくすように腰《こし》をかがめて、透明犬をひっつかんだ。

見ると、舌《した》でなめているのか、みるみるうちに食器がきれいになっていく。

「奏太《そうた》、だいじょうぶ？　片《かた》づけるの、手伝《てつだ》おうか？」

美優《みゆ》が近づいてきた。

「いやっ、いいんだ。もうだいじょうぶ」

食器をひろいながら、むりやり笑顔《えがお》をつくった。それを見て、美優が大声《おおごえ》をあげる。

「ええーっ、奏太《そうた》。床《ゆか》に落《お》ちたビーフシチュー、みんな食べちゃったの。信《しん》じらんなーい」

しまった。たしかに、これじゃ、ぼくが食べたみたいだ。

「いやっ、三秒《びょう》ルールだから……。あははっ」

わらってごまかせる相手《あいて》じゃなかった。美優《みゆ》がジロリとぼくをにらんだ。そのあいだにも、友だちがどんどん集《あつ》まってくる。

「おい、奏太。おまえ、いつから犬になったんだ？」

「いくら、おなかがすいていたからって、はらこわすぞ」

最後《さいご》に、大村先生の大声まで飛《と》んできた。

「だいじょうぶか、奏太。床はほこりやら、ワックスやら、とにかく体にいいものなんか落《お》ちてないんだ。すぐに手を洗《あら》って、うがいしてこい。保健室《ほけんしつ》もいくか？」

だいじょうぶ、だいじょうぶといいながら、席《せき》にもどろうとして、はたと気づいた。

透明犬《とうめいけん》がいない！

さっきまで手に当《あ》たっていた毛の感触《かんしょく》が消《き》えている。足音も、鼻息《はないき》も聞こえない。

ぼくはあたりを見まわした。見まわしたって、見えないんだけど。

「きゃー、あたしのビーフシチューがない！」

美優がでかい声でさけんだ。

「ああ、おれの食器《しょっき》ぐちゃぐちゃになってる！」

こんどは大輔《だいすけ》だ。次《つぎ》つぎに、あっちからも、こっちからも、被害《ひがい》の声《こえ》があがる。
教室《きょうしつ》全体が大さわぎになった。
透明犬《とうめいけん》がクラス中のビーフシチューを食べて回ったんだ。
どうしたら……。
そのとき、ぼくの頭がぐるんと回転《かいてん》した。
そうだ！　ひょっとしたら、うまくいくかもしれない。
ぼくは、思いっきり息《いき》を吸《す》いこむと、あらんかぎりの声でさけんだ。

「待《ま》て！」

あまりの大声に、友だちも先生も動きが止《と》まった。びっくりした目が、こっちを見ている。

でも、気にしない。

さあ、どうだ？　「お手」ができたんだから、「待て」もできるはずだ。

さっきまでのざわざわがなくなり、教室全体がしんとしている。犬の歩き回るような音は聞こえない。どこかで、おとなしく待っているんだろう。

「お手！」

こんどは、やや小さな声《こえ》でいった。

美優《みゆ》が、けげんな顔でじっとこっちをにらんでいる。陽太郎《ようたろう》は、ギョロ目が全開《ぜんかい》だ。

ぼくは、気づかないふりをして、まっ正面《しょうめん》を見すえた。そして、片《かた》ひざをついてかがみながら、右のてのひらを上にして、床《ゆか》から十センチくらいのところで止《と》めた。

すると、小さく、カッカッカッカッという音が近づいてくる。

教室《きょうしつ》のあいだを風が通りぬけ、ぼくのてのひらに透明《とうめい》な前足がのっかった。

ぼくの真剣《しんけん》さが伝《つた》わったのだろうか。がっしりと握手《あくしゅ》するようなお手がかえってきた。

「おすわり」

よし、すわった。今がチャンス。

ぼくは、いそいで勉強道具をランドセルにつめこみ、体操服《たいそうふく》のふくろと水筒《すいとう》をひっつかむと、「こい！」といって、扉《とびら》へむかってかけだした。

「先生、ぼく、おなかの調子《ちょうし》が悪《わる》いので、早退《そうたい》します。さようなら」

「ひとりでだいじょうぶか。家の人に電話を……」

ちらっと先生の心配《しんぱい》そうな顔が見えたけど、ごめんなさい。これ以上《いじょう》は、透明犬を教室においてはおけない。

ぼくは、校門を出ると、田んぼのほうへ足をむけた。田んぼの上を風がさーっと通ってきて、緑色の苗《なえ》が波《なみ》うった。

さて、これからどうしよう。

このまま家に帰っても、お母さんはパートに出ているし、そもそも、この犬どうしよう。

考《かんが》えながら歩いていると、「待《ま》って！」と、後ろから呼《よ》びとめられた。

「うわあ」

びっくりして、飛《と》び上がると、後ろからわらい声《ごえ》があがった。

「なーに、びっくりしてるの？」

ふりかえると、美優《みゆ》がいた。デニムのショートパンツのポケットに両《りょう》手《て》をつっこんで、仁王立《におうだ》ちしている。午後《ごご》も授業《じゅぎょう》があるはずなのに、どういうわけかランドセルまで背負《せお》っている。

「なにしてるんだよ。給食《きゅうしょく》はどうした」

「あたしも急《きゅう》におなかが痛《いた》くなっちゃった」

そういって、にこっと、わらう。

まさか、陽太郎《ようたろう》もいないよな？　ドキッとして、学校のほうを見たけど、どうやら美優ひとりみたいだ。まじめなやつだから、きっと仮病《けびょう》はつかえないんだろう。

「家、こっちじゃないだろ？　今ごろ、先生から電話がいってるぞ」

「親も給食中だからだいじょうぶ」

そうだった。たしか、美優の両親《りょうしん》は、どっちも学校の先生だった。

「まっすぐ帰ろうかと思ったけど、奏太《そうた》がおもしろそうなことをしているみたいだったから、ついてきた」

美優は保育園《ほいくえん》のころから知ってる。こいつは、いつだって勘《かん》がいいんだ。

五　名前はメイだ！

「透明犬《とうめいけん》だ」

さすがに美優《みゆ》もおどろいたようだ。おっかなびっくり、グーにした右手をさし出した。

それを、透明犬がぺろりとなめたらしい。

「きゃあああ、なんかぬれた」

美優がびっくりしたような、楽しんでいるような声《こえ》をあげて、のけぞった。

「きゃわいいいぃぃ！」

美優がしゃがみこんで、透明犬の体をわさわさとさわった。そして、ふりかえりながらいう。

「どうして透明なの？」

「知《し》らねーよ」

それは、こっちが聞きたいくらいだ。

「どんな顔してるんだろうねえ」

美優が透明犬にわらいかけながらいった。

ああ、それならわかる。

「柴犬《しばいぬ》みたいな顔だけど、体は毛むくじゃらで、けっこうでかいぞ」

ぼくのことばを聞いて、美優が目をまんまるくした。

「なんで、そこまでわかるの？　さっきだって、顔はあんまりさわらせてくれなかったんだから……」

そこまで、一気にいってから、はっと息《いき》をのんだ。

「見えるの？」

「見えねーよ！」

美優《みゆ》がおどろくようすがおもしろかった。

いつもバカにされてばっかりだから気分がいい。しかたがないなあ。

教《おし》えてやるか。

今朝《けさ》、田んぼで泥《どろ》まみれになった透明犬《とうめいけん》の話を聞かせてやった。

どうだ！と、胸《むね》をはる。

「すごいね。奏太《そうた》の小さい頭で、よく思いついたね」

美優は、人のテンションを下げる天才だ。ぼくの得意《とくい》げな気持ちがいっぺんにふき飛《と》んだ。

「ねえ、名前《なまえ》はなんていうの？」

名前……。そういえば考《かんが》えてなかった。

でも、ここで答えないと、美優につけられてしまう。

「メイだ」

口が勝手《かって》に動いていた。

「どうしてメイちゃんなの？」

「トウメイだから、メイだ」

「メイって、ひつじの鳴《な》き声《ごえ》じゃない」

「なんか、文句《もんく》あるか？」

う～ん、と納得《なっとく》していないような顔つきだ。

「メイ！」

ためしに呼《よ》んでみた。

「ワンッ！」

元気のいい返事《へんじ》がかえってくる。

「ほら、メイだって、気に入ってる」

「たしかに、返事はしたけど……」

「いいんだ。メイだ」

「はいはい」

よかった。なんとか、メイで押《お》しきった。

すると、美優《みゆ》が満面《まんめん》の笑《え》みでふりかえった。

「ねえねえ、あたしリボン持ってるからさ。目印《めじるし》に、メイの首につけてみようよ」

美優がランドセルのなかから赤いリボンをとりだして、透明《とうめい》なメイの首に手際《てぎわ》よくまいた。

これでメイがどこにいるのかわかる。

「ワン、ワンッ」

元気よくほえながら、ぼくの足もとを、赤いリボンがぐるぐる回っている。

「ほらっ、取《と》ってこい！」

野球《やきゅう》のゴムボールを、道のまんなかを目がけて山なりに投《な》げた。

ぐん、と風がふいた。バウンドしていたボールが空中に持ち上がり、ぼくにむかって上下しながら飛《と》んできた。

「なっ、すごいだろ」

受《う》け取《と》ったボールを、美優《みゆ》に見せびらかした。

「あたしもやる！」

ぼくの手からゴムボールをふんだくると、「メイちゃーん」とあまったるい声《こえ》を出した。

「ほら、ジャーンプ」

美優がポンとほうったボールを、赤いリボンが空中でキャッチした。

いつか水族館《すいぞくかん》で見た、アシカのショーみたいだ。

「どう？」

美優がふんぞりかえる。

よーし。それじゃあ、とっておきをやるか！

「実《じつ》は、犬を飼《か》ったら、やってみたいことがあったんだ」

「なになに？」

「とびばこ」

「とびばこ？」

これがやってみたかったんだ。

ひざに手をついて、前かがみになる。

「よし、メイ！　背中《せなか》の上をジャンプしてごらん」

ぼくのことばがわかるみたいに、赤いリボンが走ってきて、ぼくの背中をポンと飛《と》びこえていった。

つめが背中に当《あ》たって、ちょっと痛《いた》かったけど、メイの体重をほとんど感《かん》じないくらい軽《かる》いジャンプだった。

これはいけるかも！

「よし、メイ！　こんどは、とびばこしながら、ボールをキャッチするぞ」

「ええええっ！」

美優《みゆ》がおおげさにおどろいて「無理《むり》だ、無理だ」とさわいでいたけど、無視《むし》してやった。

「そらっ！」

真上《まうえ》にゴムボールをほうり投《な》げ、すぐさっきと同じように、前かがみのポーズをとる。

すると、ザッと短い助走《じょそう》の音がした瞬間《しゅんかん》、メイがぼくの背中《せなか》をけった。見上げた空にボールと赤いリボンが飛《と》んでいた。一瞬、ボールがカクンとおかしな動きをする。メイがキャッチしたんだ。そして、まっすぐ

に下りてくる。

「なんで、一回目で成功《せいこう》できるの？」

美優《みゆ》もおどろいたけど、ぼくだっておどろいた。なんども練習《れんしゅう》したみたいに、息《いき》がぴったりだった。

ボールを受《う》け取《と》り、赤いリボンをなでてやる。

「よくやった！」

メイが首を持ち上げて「クゥン」と鳴《な》く。

「のどがかわいた、っていってる」

「ワン、ワンッ」と、元気な返事《へんじ》があった。

「えっ、奏太《そうた》はメイのことばがわかるの？」

美優が、また目をまるくしておどろいた。

「なんとなく、な」

水筒《すいとう》の水をコップに入れてやると、ペチョペチョ音をたてて、おいしそうに飲《の》んだ。

六　メイの正体

「そういえば、おなかすいてない？」

急《きゅう》に、美優《みゆ》がランドセルのなかをごそごそやりはじめた。

「あたし、給食《きゅうしょく》のパン、持って帰《かえ》ってきたんだけど、食べる？」

「おっ、気がきくじゃん」

そういえば、給食を食べそびれたんだった。おなかペコペコだ。

田んぼ道からすこしあぜ道に入ったところに、休憩用《きゅうけいよう》のベンチが置《お》かれている。ふたりですわって、はんぶんこしたパンにかじりついた。

ビーフシチューが食べたかったなあ。

ぱさつくパンを食べながら思った。

メイは、ビーフシチューをおなかいっぱい食べたんだろう。おとなしく、すわっている。

ぼんやりながめていると、ピクンと、赤いリボンが動いた。

「あっ」

美優がパンを口に入れたまま固《かた》まった。

田んぼ道を、黒いオオカミみたいな大型犬《おおがたけん》が、ふとっちょのおばさんにつれられてやってくる。

ぼくは、反射的《はんしゃてき》にメイのリボンをにぎりしめた。

その犬は通りすぎるとき、きどったように、こっちをチラリと見た。

でも、興味《きょうみ》がなかったみたい。ぼくと美優にむかって、フンと鼻を鳴《な》らすと、さっさといってしまった。ふとっちょのおばさんは、ぼくらを見もしなかった。

ふう、と思わずため息《いき》がもれる。目の前にきたときは、すごい迫力《はくりょく》だった。顔の高さが、ぼくの胸《むね》くらいまではあったかな。きっとメイと同じくらいの大きさなんだろう。顔つきも似《に》ていたから、同じ犬種《けんしゅ》なのかもしれない。

「透明《とうめい》な犬って、においも透明なのかな？」

いきなり美優《みゆ》が変《へん》なことをいいだした。

「なんで？」

「いや、なんとなく……。だって、さっきの犬、あたしたちには顔をむけたけど、メイのことは気がつかなかったみたい」

「ああ、たしかに」

犬どうしなら、あいさつしたりするよな。

おじいちゃん家《ち》のコロだって、近づいたらほんのりにおいがした。それにひきかえ、メイは無臭《むしゅう》だ。さっき、先生も気づかなかった。

「それで思ったんだ。ひょっとして、メイって、友だちいないのかなって」

「友だち……？」

一瞬《いっしゅん》、なにをいっているのか、意味《いみ》がわからなかった。

すこしおくれて、頭のなかがぐるんと回転《かいてん》した。

ああ、そうか。

すがたもにおいも透明ってことは、ほかの犬に気づいてもらえない。

だから、友だちもつくれない。そりゃあ、かわいそうだ。

だから、ゴムボールで遊ぶと、あんなにうれしそうだったのか。

「よし、じゃあ、今から思いっきりメイと遊んでやるか！」

「うん！」

「ワン！」

メイが見えないしっぽをぶんぶんふっているような気がした。

ぼくたちは、思いつくかぎりの遊びをした。

ボール投《な》げをしたり、かけっこをしたり。

とびばこだって、何回も成功《せいこう》した。

田んぼ道の散歩《さんぽ》も楽しかった。

学校がある時間に、田んぼ道を歩くのは初《はじ》めてだ。

ぼくたち以外《いがい》、だれもいない。時間が止《と》まったような、のんびりとした空気が流《なが》れている。

このあたりで、今朝《けさ》、メイに出会ったんだ。

ふしぎだ。なんだか、ずっと前からの友だちだったような気がする。

いや、もっと近い。いっしょにくらす家族《かぞく》といるような気分だ。

陽太郎《ようたろう》がいってた。生き物になつかれるのは「特別《とくべつ》なつながり」があるからだって。

「メイを家で飼《か》いたいな」

ふと、思った。

透明《とうめい》だから、ひょっとしたら、お母さんに内緒《ないしょ》で飼えるかもしれない。

いや、ずるしちゃダメだ。生き物を飼うのはたいへんなことで、ぼくが世話《せわ》をさぼったら、アサガオみたいに枯《か》れちゃうんだから。

「ねえねえ」

ふと、美優《みゆ》が口をひらいた。

「奏太はメイを飼うつもりなの？」

いきなり聞かれてびっくりした。一瞬《いっしゅん》、飼いたいと思ったのが、わかっちゃったのかな。

「ん？　いや、わかんないけど。なんで？」

ぼくはドキドキしながら、美優をちらりと見た。

「やっぱり。飼うつもりなんでしょう」

美優がまじめな顔をして、じっとこっちを見ている。

「な、なんだよ」

「ねえ、あたしが飼っちゃダメ？」

「えっ！」

ぼくは、とっさに声《こえ》をあげた。

直感《ちょっかん》で「イヤだ」と思った。メイをほかのだれかが飼《か》うなんて考《かんが》えられない。

ところが、美優《みゆ》が勝手《かって》にしゃべりつづけている。

「いいでしょ？　だって、奏太《そうた》、ごはんあげるのわすれそうだし、散歩《さんぽ》だってめんどくさがって、いかなそうじゃん」

「いや、その……」

図星《ずぼし》だった。いつだって、美優のいうことはするどい。

アサガオは枯《か》らしちゃったし、まだ犬は飼わないと決《き》めたところだけど。でも……。

メイが、いちばんなついているのは、この「ぼく」だ。

そのとき、メイが美優にむかって、うなり声《ごえ》をあげた。

「えっ、メイ、どうしたの？」

美優が、とつぜんのことに、おろおろしている。

メイは、ぼくの体操服《たいそうふく》のふくろを二回引《ひ》っぱると、スタスタと歩きはじめた。

「おいっ、メイ。どこにいくんだ？」

ぼくの声が聞こえたはずなのに、赤いリボンは左右にゆれながら遠ざかっていく。こっちをふりかえりながら歩いているんだろう。

ついてこい、っていっているのかな。

まっすぐにのびる田んぼ道を、メイのすこしあとをついて歩く。このまいけば、ぼくの家のある住宅地《じゅうたくち》だ。

まさか、ね。

ぼくは、心臓《しんぞう》がドキドキしてきた。

メイが迷《まよ》うことなく、ぼくの家にむかう道の角《かど》を曲《ま》がる。左側《ひだりがわ》の三軒《けん》目《め》が、ぼくの家だ。

おいおい、うそだろ。

予想《よそう》はしていたけど、それでも目の前で起きていることが信《しん》じられなかった。メイが、まるで自分の家に帰ってきたみたいに、ぼくの家の庭《にわ》に入っていったんだ。

「どうして？　どうして、奏太《そうた》の家を、メイが知《し》っているの？」

「そんなの、知らないよ……」

庭のすみで、赤いリボンがゆれている。

あっ……。

その前に置《お》かれた植木鉢《うえきばち》を見て、自分の目が信じられなかった。

枯《か》れたはずのアサガオから、ちょっとだけ新芽《しんめ》がのぞいている。ひからびていた茎《くき》も、グンと頭を持ち上げていた。

もしかして、メイはぼくにこれを見せたかったの？

赤いリボンが、ぐるんとむきを変《か》えて、ぼくの目の前で止《と》まった。

見えないけど、たぶんメイは、ぼくをじっと見ている。ぼくの答えを待《ま》ってるんだ。

アサガオは、まだ枯《か》れてない。世話《せわ》だって毎日《まいにち》やってきたんだ。だいじょうぶ。ぼくは犬を飼《か》うことができる！

「メイは、うちの家族《かぞく》だ」

ぼくは、決心《けっしん》した。メイもアサガオも、ちゃんと育ててみせる。

赤いリボンのあたりを、ゆっくりと力をこめてなでてやる。すると、手を通じてメイのうれしそうな気持ちが伝《つた》わってきた。

「あ～あ、メイにふられちゃったかあ」

美優《みゆ》が、残念《ざんねん》そうな顔でいった。でも、すぐにさっぱりした顔にもどる。

そして、たった今、気づいたというように、思いがけないことを口にした。

「でもさあ、メイの飼い主《ぬし》の人って、どうしちゃったんだろうね」

「あっ！」

ぼくは頭をガツンとやられたような気分になった。

なんで気がつかなかったんだろう。メイには「ほんとうの飼い主」がいるはず。ぼくが飼うとか決意《けつい》するよりも、飼い主をさがすほうが先だったんだ。

ぼくは、ちょっぴりガッカリした。

すると「ワンッ！」と元気な声《こえ》がした。

「メイ、どうした？」

メイが、ぼくの前をすりぬけて、庭《にわ》から出ていこうとする。

「もどっておいで、メイ！」

いくら呼《よ》んでももどってこない。

「メイがついていって、いってる」

ぼくには直感《ちょっかん》でわかった。

でも、どうしてだろう?

最初《さいしょ》に頭に浮《う》かんだ理由《りゆう》は、そっちに「ほんとうの飼《か》い主《ぬし》」がいるのかも、という考《かんが》えだった。

でも、ちがう気がする。

きっとメイは「ぼく」についてきてほしいんだ。

「いくぞ!」

ぼくは赤いリボンを追《お》いかけて走りだした。

「どういうこと?」

美優《みゆ》もあわててあとからついてくる。

メイのスピードが上がった。

ぼくたちは、はなされないように田んぼ道を必死《ひっし》に追いかける。目の前に、小高い山がせまってきた。

この先は、神社《じんじゃ》の入り口だ。

鳥居《とりい》をくぐり、細《ほそ》い石の階段《かいだん》をずんずん登《のぼ》っていく。

息《いき》をきらしながら、神社の境内《けいだい》に入ったときには、赤いリボンがいなくなっていた。

「メーイ!」

「メイ、どこにいるのー?」

呼《よ》んでみたけれど、返事《へんじ》はない。

どこへいったんだろう。

「あれっ？」

ふと、気配《けはい》を感《かん》じた。

「どうしたの、奏太《そうた》？」

「しっ、しずかに！」

目をとじて、じっと耳をすましてみる。

すると、どこからか「クゥン」という鳴《な》き声《ごえ》が聞こえた。ほんのかすかな、小さな声だ。

目をあけると、美優《みゆ》にも聞こえたらしく、うんうんとうなずいている。

ぼくたちは、声のしたほうへ、ゆっくりと近づいていった。

お堂《どう》の右手にそびえ立つ、神社《じんじゃ》でいちばん大きなクスノキの大木がせまってくる。

その根元《ねもと》のむこう側《がわ》が、大きなうろになっているのを、ぼくは知《し》っていた。

そのなかから声がすることも、わかっていたのかもしれない。そのくらい、自然《しぜん》と足がクスノキのほうへむいた。

ゆっくり回りこむと、ふわふわの茶色い毛なみが目に入った。

小さい！

音をたてないように、うろのなかをのぞきこむ。

そこには、ふわふわの毛につつまれた生まれたての子犬が一匹《ぴき》、すやすやとねむっていた。

美優が、ふるえる手で、子犬の首もとを指《ゆび》さした。

その子犬は、赤いリボンをしていたんだ。

美優《みゆ》の目が「どうして？」といっている。

どうして「メイ」に結《むす》んだはずの赤いリボンを、この子犬がしているんだろうって、ふしぎがってるんだ。

でも、ぼくには予感《よかん》があった。

どうして、ぼくになついていたのか。

どうして、とびばこを一回で成功《せいこう》できたのか。

どうして、ぼくの家を知っていたのか。

そして、どうして透明犬《とうめいけん》と出会ったのが「今朝《けさ》」だったのか。

それらの答えが、神社《じんじゃ》の階段《かいだん》を登《のぼ》っているときに、とつぜんひらめいたんだ。

実《じつ》は「ぼく」がメイの「ほんとうの飼《か》い主《ぬし》」なんじゃないか、ってこと。

それなのに、アサガオを枯《か》らしたと思ったせいで「ほんとうの飼《か》い主《ぬし》」になりそびれるところだったんだ。

だから、メイがやってきた。

自分を飼ったら、こんなに楽しい未来《みらい》が待《ま》ってるよって、ぼくに伝《つた》えたかったんだ。

自分でもおかしな考《かんが》えだと思う。

でも、きっと、さっきメイにむかって「ぼくがメイを飼う」と決心《けっしん》したときに、その未来が「ほんとう」になったんだ。

そうだよね。

そっと、抱《だ》っこしてみる。あたたかい。息《いき》をするたびに、おなかがふくらんだり、へこんだりする。

ぼくの体が、かっかと熱《あつ》くなってきた。

ごはんをわすれたりしないし、毎日《まいにち》、散歩《さんぽ》もする。

約束《やくそく》するよ。

「メイ」

ぼくは子犬に呼《よ》びかけた。

作　**辻 貴司**（つじ・たかし）

1977年生まれ。京都府育ち、神奈川県在住。神奈川大学卒業。日本児童文学学校、創作教室受講。「らんぷ」所属。2016年、第33回福島正実記念SF童話賞を受賞、デビュー作となる。

絵　**丹地陽子**（たんじ・ようこ）

イラストレーター。東京藝術大学美術学部デザイン科卒業。『別冊文藝春秋』表紙、「サッカーボーイズ」シリーズ（角川文庫）、『サースキの笛がきこえる』（偕成社）、『魔術』『声蛍』（岩崎書店）など、書籍の装画や挿絵を中心に活動中。東京都在住。

おはなしガーデン51
透明犬メイ

二〇一六年　八月三一日　第一刷発行
二〇一九年　四月三十日　第三刷発行

作　者　辻 貴司
画　家　丹地陽子
発行者　岩崎弘明
発行所　株式会社岩崎書店
〒一一二―〇〇〇五
東京都文京区水道一―九―二
電話　〇三―三八一二―九一三一（営業）
〇三―三八一三―五五二六（編集）
振替　〇〇一七〇―五―九六八二二
印　刷　株式会社光陽メディア
製　本　株式会社若林製本工場
NDC913　ISBN978-4-265-07261-3

Published by IWASAKI Publishing Co.,Ltd.
Printed in Japan

ご感想ご意見をお寄せ下さい。
Email: info@iwasakishoten.co.jp
岩崎書店ホームページ　http://www.iwasakishoten.co.jp